날갯짓

날갯짓

宇玄 김상경 시집

시로여는세상

宇玄 김상경

시인은 1964년 대전 중도일보에 詩 「조국」 외 2편으로 등단하며 詩作 活動을 시작했다.
이후 2000년에 월간 〈심상〉을 통해 중앙시단에 등단하였으며 2002년부터 계간 詩 전문지
〈詩로 여는 세상〉의 창간에 참여하여 지금까지 이어오고 있다.
그간 詩集 『내겐 넉넉함이』(1998), 『영혼의 나이테』(2002년), 『미래로 가는 계단』(2010),
『난이도』(2014)를 상재하였다. 現在 심상시인회, 목월포럼, 영성지혜문학회(국제) 회원
이며 로딘연구소(美 미래에너지원 연구소) 소장으로 일하고 있다.
7hanael@gmail.com

序詩

신단수神檀樹 아래
뛰어놀던 아이들
밤낮의 경계를 지우니
안팎이 없구나.
낮하늘은 청명하고
밤하늘은 깊고 깊어
날개를 펴고 날아오른다.

1부

노래하는 소나무 _ 015

새순 _ 016

바쁜 봄날에 _ 017

기상난동 _ 018

입춘한설立春寒雪 _ 019

심상화心象花 _ 020

4월의 아이 _ 022

어린 추억 _ 024

병법兵法 _ 025

그해, 여름 호박꽃 _ 026

급한 김에 _ 027

산까치 _ 028

똑딱이 사진기 _ 029

언덕길 모퉁이에 햇살이 _ 030

칼국수가 먹고 싶은 날 _ 032

비빔밥 _ 033

짧고 긴 편지 _ 034

6

2부

소통 _ 037
원! 세상에 _ 038
살가운 사람들 _ 039
음―매― _ 040
몸값 _ 042
안채를 위한 문답 _ 043
밤의 얼굴 _ 044
사랑이란 _ 045
당산나무 _ 046
2050년 가을 나그네 _ 047
아이들의 출생 _ 048
마음농사 _ 050
깨어 있는 님 _ 051
살生 부처 _ 052

3부

정오正午의 꿈 _ 055

그루터기 _ 056

밝은 눈심지 _ 058

독서에서 만나는 님 _ 059

옹이처럼 _ 060

말빚은 지지 마오 _ 061

나무침대 _ 062

무영검무無影劍舞 _ 064

간절하기에 _ 065

겨울 나그네 _ 066

4부

변화의 진실 _ 069

벌레의 탈을 벗으려고 _ 070

생존의 지혜 _ 071

날갯짓 _ 072

나팔꽃 _ 073

민낯 _ 074

없어져야 할 것들 _ 075

뿔 조심 _ 076

외눈박이 _ 077

교정시력 _ 078

동병상련同病相憐 _ 079

잡초에 붙이는 소고小考 _ 080

들풀은 어떨까 _ 082

지구는 안녕하신가 _ 083

쟁이에게 복이 있네 _ 085

새벽 정화수 _ 086

수렴收斂의 묘描 _ 087

꿈은 이루어진다 _ 088

쾌지나칭칭나네— _ 090

희고 흰 꽃무리 _ 092

5부

끝없는 물음 _ 095

외로울 때 _ 096

선험先驗의 빛 _ 098

변방으로 간 이방인 _ 099

닮고 싶은 이여 _ 101

껍데기 1 _ 103

껍데기 2 _ 104

껍데기 3 _ 105

손바닥으로 하늘 가리랴 _ 107

의자소묘椅子素描 _ 109

늘 깨어 있는 이들 _ 110

이런 분이 계신가요 _ 111

이유 _ 112

평지풍파平地風波도 고요의 산물 _ 113

새김질 _ 114

항상 부족함을 아는데 _ 115

은밀한 말 _ 116

정음正音의 비밀 _ 117

옛 홍산문화를 찾아서 _ 118

아이들에게 _ 119

6부

소도蘇塗 _ 125

통곡 _ 126

우리라는 말 _ 127

생명의 과정 _ 128

고백할 때 _ 130

첫 번째 고백 _ 131

내 젊음의 초상 _ 132

채움과 비움의 기도 _ 134

평생숙제 _ 136

수리數理와 노력 _ 138

응대 _ 139

시공초월時空超越 _ 140

태초시간planck time _ 141

영원의 문 _ 144

생사는 한 몸 _ 145

머물러 있는 것은 없다周易 _ 146

중력의 설계도 _ 147

볼 수 없는 설계자의 뜻 _ 151

하늘을 기웃거리는 아이들 _ 152

천하일가天下一家 _ 153

묵상黙想 중에 _ 155

해설 | 미래를 위한 시적 사유, 소통의 철학(권경아) _ 156

1부

노래하는 소나무

눈이 온 누리를 덮어야
청청한 나무인 것을
알게 되지

세찬 바람이 불어 봐야
큰—함성을 내지르는 것인 줄
알게 되지

봄비가 내려 씻어 내려야
눈 감고 음미하는 것인 줄
알게 되지

숲이 아닌 부활이라는 것을

새순

작은 입
크게 벌리고 새벽 별 삼키려는
눈 큰 아이는
여인女人의 첫사랑

바쁜 봄날에

깃발도 없이
천리―총千里驄 등 타고 달려온 듯

무엇이 그리도 바빠서

잎이 트이기 전
꽃부터 피우시나

기상난동

이겼다고
박장대소하는
매화가
봄눈春雪을 탓할까

입춘한설立春寒雪

추마*끝, 고드름
입춘 기운에 녹을 듯한 데

때아닌 북풍한설에
코끝이 시려라

어깨에 어깨 짚고
학춤 하례賀禮하는 먼ㅡ 멧부리

봄눈 덮인
백의강토 절로절로 새로워

수수만년 꿈인 듯
꿈틀대는 기상氣像은

철 지난 눈을 개의치 않노니

허공을 차고 오르는

생명의 발소리를
스스로 새기었느니

* 경남, 충청 방언

심상화心象花

저물녘 지기 찾아
차 한 잔 하는 사이에
산도화山桃花* 만개하니,
봄바람에 꽃잎이
벗어 놓은
신발 안에
가득 떨어져 있네.

아쉬움 내려놓고
가만히 맨발로 가려니
청계淸溪*에서 기다린
계월溪月*이
그냥 건널 수는 없다 하네.

*산도화 _ 木月 詩의 山桃花
*청계, 계월 _ 이백의 詩 중에서

4월의 아이

행화촌杏花村에
봄이 오면
지천으로 피는 살구꽃

미처 손을
깨끗이 씻지 못해서
꽃을 만지지 못하고 멈칫한다.

님의 얼굴을
어찌 함부로 만지나
그래서 빤히 올려다본다.

파란 하늘을 이고
화사하게 웃는
그 순결한 얼굴들

바람 타고
내 손등 위로 날려 올 때까지
그냥 서서
올려다본다.

어린 추억

가마우지에게 밀려난
물총새에게
여울 낚시터를 왜 내주었느냐
묻는 그 말에
눈 감고 웃는 심정, 이리도 즐거울까

α ············ $\varOmega$!

지난밤 넘치도록 내린 비에
좀—개구리밥 둥둥
논물 넘쳐 실 냇가로 떠내려가고
작은 치어들,
그 그늘 밑에 몸을 숨겨 논다.

병법兵法

첫째, 살생을 하지 말고
둘째, 가는 길을 막지 마라.

무기는 아홉 자, 아홉 자, 여섯 자
모기장이면 족하다.

모기는 방패로 막고
황소바람은 그물로 잡아
길들이면 쾌적하다.

그해, 여름 호박꽃

꽃이라면 호박꽃이고 싶다. 그것도 아주 노—오란 꽃이고
싶다.

이른 새벽, 이슬에 얼굴을 씻고 더욱 밝은 색으로 치장하는
이유는 꽃 뒤에 숨은 듯— 있는 보송보송한 애호박 허리를
탐스럽게 하려고 노란빛으로 온몸을 남김없이 물들이는
것이다.
주기만 하는 꽃은 향기조차도 단순치 않아서 시시때때로
변하고, 순수하고도 도도하여 사람 손을 타지 않는 천성으
로 별 같이 피어나고, 벌 나비가 찾아들기 편한 활짝 웃는
모양은 고상함이 정숙한 여인을 닮아서 비 그친 이른 아
침, 가끔 목마른 내게 반—잔의 물을 담아주는 친절도 잊지
않는다.

그해 여름은 비가 자주 왔었다. 벌 나비를 만나기 어려운
때였지만, 나는 반갑게 맞아주는 노란 빛을 온—몸에 두르
고 나비처럼 초가집 마당을 구석구석 날아다녔다.

급한 김에

지척을 가린 안개 때문도 아닌데
급한 김에
백련, 연못에 다가가서
바지춤을 내린다.
연잎 위엔 흰 물방울들 안절부절
매파는 아니 오고
누구시기에
목욕물 먼저 들이대시나

산까치

이른 새벽에
샛길로

산골짜기 안개 앞세우고
사립문 기울 듯
밀고 들어와

뜨락에 벗어 놓은
내 고무신을 신고 놀다갔나

촉촉이 젖은 푸르른
파초*의 꿈은

깃털 하나 앞뜰에 놓아두고
총총히 맨발로 걸어 나간
푸른 아침 그 발자국

* 이육사李陸史의 「파초」에서

똑딱이 사진기

너를 보면
나는 나그네

비 오는 날
완행열차에 매달려
간이역에서
내린다.

호젓한 시골길을
걷는 것도
오일장을
만나는 것도 좋다.

문득,
생각이 나면
옛터를 찾아
돌다리를 건너본다.

언덕길 모퉁이에 햇살이

둘레길이 생기면서 음지에 햇빛이 들고 작은 공간에 활력이 넘치는 일이 생겼다. 연탄이나 쌓아 놓았던 곳이 제법 그럴싸한 작은 찻집으로 변신하고 그 옆 켠엔 공방이 생겼다.

가끔은 마을버스에서 내려 걷고 싶은 충동이 아랫배를 박차고 그래서 절로 미소가 흐른다. 거기에는 집에서 만든 작은 소품들을 펼쳐 놓고 파는 반 평 남짓한 좌대도 있고, 겨울이면 고구마 굽는 냄새도 일품이다. 걷다가 군고구마 냄새에 시장기가 동하는 객客들은 꼭 그 소품 좌대에도 들리기 마련이라 손목에 하나둘씩 두르기도 하며 즐거운 시간을 보내고 다시 걷기 시작한다.

그렇게 언덕에 올라 모퉁이로 접어들면 윤동주문학관이 보인다. 그 순간은 누구든 명사가 되고 마음의 풍요를 하나씩 낚아 올려 반듯한 마음의 부자가 되어 본다.

몇 년 전만 해도 언덕 모퉁이에, 작은 거인詩人이 쓸쓸하게 버티고 누군가를 기다리며 앉아 있던 그곳을 덤덤하게 단

장한 문학관 표시 글이 그곳을 지나는 이들을 숙연하게 한
다.

'한 점 부끄럼이 없기를……' 앞에서
햇볕 따스함이 감사하다.

칼국수가 먹고 싶은 날

진눈깨비가 흩날리고 먼─산 능선이 희미한 날이면 문득
할머니 생각이 난다.

통밀가루에 콩가루를 넣어 간간한 소금물로 이기시며 심
심해하는 어린 손주에게 옛 얘기를 들려주셨다.
"이 국수 한 가락이 저승 간 불쌍한 영혼을 지옥에서 한 명
씩 건져 올린다."며 편식하는 어린 손주 입맛 때문에 구연
동화를 하실 때면 밖은 진눈깨비가 흩날리고 먼─산 능선
이 희미했었다.

세 살 버릇 여든 간다고, 그때 들인 입맛은 지금도 진행 중
이라 날씨 흐린 날이면 칼국수 집 앞에서 서성거린다.

비빔밥

찬밥 한 덩이에
남은 찬 싹싹 쓸어 넣고

매운 고추장 한 숟가락 푹 퍼
밥알 풀어지라고
숟가락으로 꾸욱 꾹―
눌러가며 비빈다.

시장이 반찬이라고
콧등엔 땀방울 송송
입안이 얼얼하니
눈알이 툭 튀어나온다.

어―흐 살 것 같다.

뜨거운 장 국물이
생각난다. 이 친구야

짧고 긴 편지

불현듯 생각나는
깊은 밤, 그대
꿈길에 내게
전화를 걸어 놓고
아무 말 하지 않는 바람 소리
석양이 아름답던 날
나의 뜰에 머물다가
깃털 한 결 사연을 담아
창틀에 올려놓고, 먼—길 간
그대가
문득 그리운 날엔
짧고 긴 편지
민들레 소식을 날개에 실어 보낸다.

2부

소통

마음이 열린 이들에겐 바람처럼
담이 없는 싱그러운 숲이 있고

마른 뼈*가 가득한 곳에
생명의 바람이 불어온다.

* 에스겔Ezekiel 골짜기에 보여 준 이상처럼

원! 세상에

자벌레
한 마리가
오체투지하는 이를
따라서

같이 간다.

살가운 사람들

좋은 언행은
맑은 공기 같다.
생명을 품고
작은 일에도 감사하는 마음
열정을 만드니
피곤함을 모르겠네.

음—매—

어미 소와 송아지가
같은 소리로
음—매— 하는 초원엔
말이 통하는 행복이 있다.

그 시절 이 땅에
어머니들은
까막눈을 부끄러워할 여유가
없었어도
전선에서 온
아들 편지를 가슴에 품고
야학당에서
글씨 공부에 밤이 짧았다.

연필심에
침을 묻혀가면서, 꾹꾹

눌러 쓴 답신 편지를
우체통에 넣는
엄니 얼굴들엔 환한─ 미소가

음─매─에
하는 소리엔 기쁨이 있었다.

몸값

한 번쯤은 사람의 몸값이 얼마나 될까 계량해 보자. 부모
에게 자식의 몸값이 얼마나 될까 계량해 본다. 자식에게
부모의 몸값이 얼마인가 계량해 보라고 한다.
이상한 일은 구세주의 몸값은 노예 한 명 값으로 팔렸고,
부처의 몸값은 전단수이栴檀樹耳 한 그릇으로 팔렸다.
아버지 어머니는 자식을 위해 머슴살이를 해도 값이 없다.

생명관계는 몸값이 없다!

안채를 위한 문답

일 년 농사의 완결편은
된장, 간장, 고추장
어머니의 손끝으로 마무리되느니

평생을 흔들림에서 지켜주는
영성의 바탕 교육은
어머니 무릎에서 시작되느니

될성부른 생명은
싹부터 튼튼하게
어머니의 참사랑에서
성장하느니

그래서
이 땅의 참 어머니를 위해, 아버지는
안채를 성스럽게 여기느니

밤의 얼굴

자귀나무 허리에
대추나무 목탁소리, 밤이 새도록
청아한데
저— 멀리, 이승 저승
청실홍실 엮는 소리에
돌아앉아 미소 짓는 이
어디에서 많이 본 얼굴

사랑이란

늘 모자라는 마음이 사랑이란다. 바람이 세찬 바람이 되려
면 한쪽 방향으로 발을 맞추어 달리듯, 계절풍을 닮은 사랑
도 모자라는 방향으로만, 한쪽 방향으로만 내 달린다.

그래서 사랑은 주는 것이지 받는 것이 아니란다.

당산나무

코끼리 허리만 한 구멍이 나 있어, 바람이 걸리진 않아도
더러는 소리가 날만도 한데. 옹이를 둘러싸고 새싹이 돋아
나서 몸조심하라고 새들도 무게를 더하지 않는 이 세월이
지만은. 귀는 더 밝아져 먼 곳 소식은 더 잘 듣는다네.

이제는 신격화神格化되었느니,
내 앞에서는 거짓으로 증언하지 말게─ 역사가 어떻다는
둥.

2050년 가을 나그네

시골이나 도회나
아기 울음소리 듣기 힘들 거네

저녁노을
한 자락 끌어다가
무릎을 덮어도 슬프진 않네만

동구 밖에서 뛰어노는
아이들 많아
시끄러운 소리

저녁 먹어라. 지르는 엄마 소리
한 번만이라도
듣고 싶네.

아이들의 출생

아이들을 통해
주는 기쁨이 얼마나 크고 깊은지
알게 하심이요.

아이들을 통해
어떤 사랑을 할 수 있는지
뼛속까지 체험케 하심이요.

아이들을 통해
서로 닮는다는 것이 얼마나 신비한지
소리 지르며 춤추게 하심이요.

아이들을 통해
부모의 자리는 스스로 종이 되는
도리를 알게 하심이요.
〈

아이들이 어른이 되어
똑같은 일로
헌신의 감동을 주게 하심이라

아버지가 아버지를 낳고, 어머니의 어머니들이
어떻게 살아왔는지
아이들을 통해 증언케 하셨노라

내게 아이들을 보낸 까닭은
그─ 깊은 뜻을 헤아리게 하심이니

마음농사

시골집 낮은 문틀에
머리 받히고 아파서 펄펄 뛰는
젊은 혈기가
아픈― 세월 따라
몰라보게 겸손해졌는지
허리 꺾고 머리 숙이는
지혜를 얻어 인간농사人間農事가 되었구나.

깨어 있는 님

심령이 가난한 이들이
슬퍼하면
어둠의 세력이 승勝하다는 것이요.
창밖으로 콧노래
흘러나오면
그들이 빛 가운데 있음이요.
이들의 말씨가
겸손하면
밤길이 평온하나니ㅡ

사람 농사 잘 지으려 밤잠 설치는
님이 있는 곳엔
만년의ㅡ 만년 열매가
생명나무에 풍성하리라.

살生 부처

꼬맹이
새근새근
잠자는 숨소리

깊어가는 밤
머물지 않는
비움과 채움의 독경 소리

3부

정오正午의 꿈

강 건너 저 솔바람은
우— 우—
동문서답만 하는데

목어木魚의 꿈속엔
세찬 강바람만 뱃전에 부딪고

흔들리는 민들레에겐
아직은 긴—꿈인 듯 멀어

님 부르는 소리 아득하여
등나무 지팡이
들어 올려 보인다.

그루터기

들려오는 소문은
곧 세상이 끝날 것처럼
머리 둘 곳 없어

홀로 되었다고
낙담하나, 사실은
수수천천이다

하나같이 고독하다고
호소하는데
아직은 그렇지 않네.

성묘 가는 행렬 보시게
다 없어진 것 같지만
아직 그루터기는 남아 있어
〈

새 줄기 나와
하늘을 덮는 날이 있으리니.

밝은 눈심지

어둠은
가까이 있는
모든 것을
암흑으로 삼켜버려도

낮에는
태양의 눈을
밤에는
별들의 귀를
가리거나 막을 수 없지
눈심지 밝은이는
낮 밤의
변화를 알고 있느니

독서에서 만나는 님

나에게 독서는 힘을 기르고 지혜를 얻는 언덕이었다.
시간을 초월하여 모르는 세계와 많은 이들과 소통하는 지름길이며 창문이었고, 때로는 먼 옛날과 먼 훗날을 여행하는 축지법이기도 했다. 목마른 이에게 샘물을 주기도 하고 여행에 지친 나그네에겐 아늑한 공간을 열어주는 손길이기도 하다.
역사의 뒤안길에서 빛이 된 성현들의 독서생활을 짐작케 하는 삶에서 숨 쉬는 생명과 끊임없는 열정을 읽으며, 눈시울이 붉어지는 감동은 가슴속으로 밀려오는 파도와 같아서 밤을 지새워도 피곤치 않다.

죽음 앞에서도 흔들림 없는 그 님*은 입에 가시가 돋치듯 긴박한 독서를 하면서 무엇을 말하려 했을까, 입에 침이 고이듯 느린 걸음으로 독서했던 그 님**또한 무엇을 남기려 했을까
늘 긴장과 경외심으로 독서 속에서 그 님들을 만난다.

*안중근 의사 **다산 정약용 선생

옹이처럼

아프지는 않으나 상처가 나 있다. 옹이처럼
애써 떠올리려 하지 않지만
때때로 문득 생각나는 일들은 꼭 맘을 썼어야 했나 보다.
그 대부분이 최선을 다하지 못해 생긴 기억들―
때로는 격렬하기도 느긋하기도 한 생각들이 승무 춤추듯
내 앞에 와 서성일 때 나는 가던 걸음을 멈춰 선다.
아― 작은 씨앗을 길가에 흘렸는데,
내 앞을 가로막고 서서 있는 고목이 그것이라니
가끔 나는 나를 위로하듯 말을 건네며 나에게 용서를 구한다.
옥에도 티가 있다는데.

말빚은 지지 마오

먼—길 가다 보면
발을 헛디디어
꼼짝하지 못할 때가 있지
오가다 만나
도움 받고 갚을 수 없는 말실수로
끌려가는 빚이 크고 무겁다.
늦게라도 돌이켜
길 떠나려 하니
뒤틀린 삶의 땀방울이
쓰고 짜다.
살다 보면, 그러다 보면
말 때문에 생기는 일
뉘 탓을 하리오마는—

나무침대

갑자기 소나기가 쏟아지면 나도 모르게 열대우림 속으로 간다.
밤낮없이 독수리, 까마귀가 뜨고 내리는 굉음 속에서 귀에 방음대를 착용하고 지내야 했던 때로. 조명탄이 대낮 같이 밝혀지고 밤이 실종된 다른 공간, 다른 시간이 흐르던 곳. 시간시간 매 순간 살아있다는 사실에 감사했던 곳. 한마디로 이승과 저승의 경계를 허문 곳이었다.

눈을 붙일 새도 없이 촉을 열고 긴장해야 살 수 있고, 잠자면서도 깨어 있어야 살 수 있었던 곳, 늘 단잠 한번 늘어지게 자 봤으면 소원이 없겠다고 생각했던 그곳에 내가 사용했던 잊지 못 하는 나무침대가 있다.

잠자리가 편치 않아야 긴장하고 긴장해야 깨어 있고 그래야 살 수 있다고 편한 스프링 침대를 쓰지 않고 나무침대를 고집스럽게 사용하던 나를 야만인이라고 놀려대던 파

란 눈 전우가 있었다. 나 떠난 후엔 대물림하듯 사용했단
다. 그가 귀국 길에 오를 때 다른 짐 다 버리고 그 침대를
고향으로 가져갔다는 소식을 반세기가 다 되어 들었다.

내가 그곳을 떠나면서 나무침대에게 입맞춤하며 "네 신세
많이 졌다. 고맙다." 하고 세 번 큰절하며 뒤돌아서서 "언
제 또 만날 수 있을까?" 입속말을 중얼대던 내 모습이 생각
나 그냥 들고 왔노라고 말해주는 늙은 노병의 눈에는 이슬
이 맺혀 있었다.

무영검무無影劍舞

봄이 오면 꽃들은 누굴 위해 피는가.
아리아리한 그림자 영롱하게 다가오는데, 잠시 잠깐 있다
가 사라지는 너희들 심사를 몰라 '이것이 무엇인가' 하고
반문하고 있는 것은 또 무엇인가.

그대여!
이 문제를 풀기 위해 외롭고 깨질듯 한 가을 하늘에 장막
을 쳐 보자.

간절하기에

손이 시리다 못해
아파오는
끝 매기,
모질게 매달리는 감처럼
벌거벗은 나뭇가지 끝에
걸려있는 석양夕陽
무엇이 그토록 간절하기에
하늘 · 땅
경계를 지우며
출렁이는 저편을 기다리게
막아서서 있을까

겨울 나그네

영원히 소유할 것은
없으리라. 또,
그런 것이 있다는
기억까지도

한없이 오묘한
큰 섭리
알고 싶어서

국화 향기 은은한
차 한 잔
홀로 벌거벗고

맨발로 걷기 시작한다.

4부

변화의 진실

냉풍골에서
잘 발효된 과즙은
맛도 좋고, 냄새도 은은하고

올곧은 늙음은
선풍도골仙風道骨이라
바람 소리에 잘 어울리지

명사산 청옥 소리
그 청아함이
만년을 뛰어넘네

벌레의 탈을 벗으려고

허공이 손 내밀고
끌고 온 지평선
그 너머
발걸음 소리 들리는데

아직도 얼굴 아니 보여주시니
무당벌레 한 마리
기어이 마애불 콧등에 앉아
날개 치며
풀섶을 넘겨다보고

바쁘다, 바쁘다.
이 하루가 바쁘다고
소리친다.

생존의 지혜

산양의 뿔은 왜 뒤쪽으로 휘었을까. 어떤 이는 이를 보고 처음부터 싸움을 포기한 동물이라고 한다. 그런데 잘 관찰해 보니 아—하! 하는 탄성이 절로 나온다. 초식 동물이라서 초목과 잔가지와 관목을 좋아하며 경사가 가파르고 높은 암벽으로 이루어진 숲에서 서식하고, 그 성질이 고약해서 바위와 바위 사이를 타고 절벽과 절벽을 건너며 꼭대기꼭대기, 위로위로만 향하는. 그렇게 뒷걸음질 칠 줄 모르고 앞으로만 향하는. 그래서 뿔이 숲에 걸리지 않기 위해서 뒤로 향했다고 말하는 편이 어떨까.

날갯짓

튼튼한 올가미가
본향本鄕 간다고
꿈꾸는
저 기러기를 어찌 잡겠노

때가 되면
열리는
가고 오는 하늘길
뉘라서 막으리

나팔꽃

깨달음의 기쁨을
나팔 불려고 하지 말게
조금 있으면
빛이 온 누리를 눈부시게

품을 것이네.

민낯

이것들이 어디서 왔을까

이것에 대한
끝없는 질문은
외로울 수밖에 없느니
그래도 살펴본 즉,

버리고 취하는
이 분별심이

따지고 재는
이 차별심을 낳으니

이—놈들이
마음들판을 전쟁과 사망으로
황무케 하는 재앙이요,
도적이요, 거짓 아비라

없어져야 할 것들

"얘들아! 모여라"
"술래잡기하자"

코뚜레, 고삐, 굴레, 새장을 없애는 일
재갈, 도박장, 생선가게 고양이, 맞지 않는 구성과 조직 이
것만 없어져도 울부짖음이 줄어들까, '아니지' 이리가 쓰
고 있는 양의 탈까지 벗겨야지.

뿔 조심

손으로 움켜쥐고 있던
뿔 세 개 달린 괴물을 놓아주기로 했다.

지고 다니기도 힘든 쇳대
부자유스런 숫공작 꼬리 예복
눈, 귀를 가린 무거운 감투

뿔 셋 짐승들
머―얼리 멀―리 보내니, 이제는
문 열어 놓고 잠을 자도
도둑 걱정할 일 없겠다.

외눈박이

넘치고 넘치도록 받고도
부족하다는
이 망령은 무엇이고
주고 또 주어도 허전하다는 마음
이것이 치우침이 아니라는
고집은 또, 무슨 망상일까
그 모든 인연 그러하다니
2차원 의식에서
일어나는 일
이 모두가 일목요연―目瞭然이 아니로다.

교정시력

코앞만 보이는 사랑은
전쟁을 먹고 살고,

멀리 보는
자유함은
감사를 먹고 사니

대대로 형통하며
즐겁고 넉넉하리라.

동병상련同病相憐

풍요가 아닌 폐허의 무덤은 슬픔을 아는 이들만이 변화를
원한다.
풀꽃들이 자신을 알아주지 않는다고 삐쳐 있는 한낮에. 새
끼염소가 우는 까닭은 이 세상이 덧없이 변한다고, 그냥 울
지는 않지 잡초가 손 저으며 울고 있기 때문이지.
그들도 다솜이 무엇인지 똑바로 대면하는데, 수화도 안 통
하다니―

나 또한 같이 우는 이유는, 풍요가 내놓은 폭포처럼 쏟아
놓는 책을 읽을 수가 없어서. 내가 읽고 싶은 책은 잡초를
뽑아내듯 그 도서 목록 속에는 없었다.

잡초에 붙이는 소고 小考

생명활동은 널리 유익하게 하는 순환의 도리가 있다고 옛 지혜는 말한다. 삶에 있어서 끌어당기는 것은 무엇일까. 바로 생명력, 잡초도 살기 위해서 햇빛을 받고 물과 공기를 끌어당긴다.

그리고 그것이 내놓은 것은 숨 쉬는 생명에 필요한 것이다. 많은 생명이 물속이나 땅 위에서나 하늘에서 살아가는 필수 환경과 먹이사슬을 만들어 주는 대역사가 잡초로부터 벌어지고 이것에 의존하여 생명망이 짜이고 자연의 큰 판이 만들어진다.
서로 의지하고 품어주고 기르고 하는 일이 어찌 놀랍지 않은가

인간은 끝없는 욕망을 앞세워 끌어당긴다. 그러나 자연을 파괴하는 포식자로서 잡초가 만든 판을 허물고 스스로 생명망을 훼손시켜가는 오늘이란 문제에, 누군가는 답을 내

놓을 준비가 되었는지!

옛 지혜는 널리 유익게 하라고 인간弘益人間을 가르치고 있는데 그 내용은 무엇일까. 잡초가 강의하는 산과 바다로 찾아가야겠다.

들풀은 어떨까

자비 없는 지혜는
훈련된 이기심의 추한 얼굴

분별하고
속이고
다투고
빼앗고
뜻대로 안 되면 원망하고, 또
이들이 슬퍼함은 무지의
이기심에서 온 업병業病
명의도 손 못 대는 죽음의 아가리라

용서의 문으로 들어가라
혹여 모든 것을 다 잃는다 해도
새 생명을 얻는다 했으니
다시 태어만 날 수 있다면
이름 없는 들풀도 좋다네—

지구는 안녕하신가

솔 그늘은 저물고
검은 가람은 잔잔하니
밝은 달이 뜨네

셋 몸 마음자리
한 줄기 매화나무 아래서
무엇을 얻으리

촛불* 하나 들고 반딧불이처럼
하늘을 태우려는
어린 떼거지가 통 하련가

이미 투명함이
낮은 곳을 찾아 파동 치니
숨길 수 없는 그때
말Logos과 침묵 사이에

그림자 없는

빛으로 먼저 와서 있네.

* 인문학, 과학기술

쟁이에게 복 있네

날품쟁이
말품쟁이
글품쟁이

품 팔아 살다 보니
남은 것은 검댕이 뿐이네

그래도
심령이 가난한* 이라면
우주는 그의 것이네

* 산상보훈

새벽 정화수

근근치 못한
세상살이
인내하는 법을 배웠네.

볼거리 없는 인생사
부지깽이 장단이
불몽댕이 가슴을 쑤시니
불서럽다.
그래도 아니 불서러운 것은
마음속 깊이
그리던 그 님

찾아오신다는 언약이
새벽별처럼 빛나네.

수렴收斂의 묘描

빛과 공기와 물은
한곳에 머물러 있지 않은데
이들의 움직임을
있는 대로 느껴 보려고
따라가다가
살아 움직이는 문으로 들어가 보니
생명이 생명을 낳고
품고 기르매
널리 유익게 하는 법으로
좋은 꿈을 꾸게
가르치고 있더라

꿈은 이루어진다

정말로 서러운 이들은
눈물을 흘릴 수 없다.
그냥 그것마저 삼키지 못하면
배고프니깐,
빈자貧者들은 무표정하다.
웃음마저 삼키지 못하면
배고프니깐,
압제 받는 이
눈이 새파란 것은
하늘 어디인가 정의가 살아있는
마지막 수를 생각해 보니
희망이란 꿈을 먹지 않으면
배고프니깐,

이 시간에도
희망을 먹었다가 토하고

다시 희망을 먹으려고
고개를 들고, 넘어져서 다시 토하고
그러나

희망을 먹는 자만이
꿈을 꾸고, 꿈은 반드시 이루어진다.

쾌지나칭칭나네—

생활인의 삶 속에는
철학과 사색이 깃들어 있고
물냄새, 불냄새 어우러진
예술 공간이 있다네

오묘한 생명냄새,
흙냄새가 나고
서른여섯 가지 부딪힘이
세 번 굴러
만든 화음
웅장한 춤과 노래가 충만하구나—

봄이 오면 꽃이 피고
　　　　쾌지나칭칭나네—
〈

여름 되면 새가 울지
      쾌지나칭칭나네—

가을이면 풍년이요
      쾌지나칭칭나네—

쾌지나칭칭나네—
쾌지나칭칭나네—
쾌지나칭칭나네—

희고 흰 꽃무리

안개처럼 보이는 작은 꽃무리
너무나 작은 얼굴
돋보기 들고
가만히― 들여다보니
꽃잎 다섯에 팔은 둘인데
같은 얼굴 하나도 없네.
그 순결함
백의白衣 천손들 손짓 같아
가던 길 멈춰 서서,
보면 볼수록
예쁘고 깊은 정 안개처럼 피어난다.

5부

끝없는 물음

지름길이
담론談論 속에 있다는데,

정답은
심장이 벌떡거리는
간절한 구도자의
질문 속에 있네.

외로울 때

두문동 칠십이 현賢은
송곳 하나 꽂을 땅이 없다고 말했고

선자禪子는
감개感慨한 일을 당하여 방랑의 길을 떠났고

정복자 칭기즈칸은
나라 하늘이 없다고 탄식했고

혜초는
자신만이 보이는 절대 적요라고 했고

오늘을 사는 과학자는
무지함을 깨달았을 때라 하니

들풀은 거짓 인간 틈바구니에서

말이 안 통할 때라고 말한다.

톡톡 터지는 하얀 가을 문 앞에
길손이 서 있다.

선험先驗의 빛

생각은 시간을 앞서가나 경험을 말하려 한다. 상상력과 통찰력이 만나 발현되는 이중나선운동이 욕망을 불태울 때 창조본능을 일깨우는 시험받는 과정에 도달하고 스스로 결정을 해야 하는 순간에 마치 신이 된 듯이 말한다. 이런 유혹을 이기려는 의지가 어려운 길을 선택하는 이들의 뜻을 빛 가운데 오롯이 걸어가게 한다.

함께하면 빛을 발하는 이들의 말은 자신들을 칭의稱義하기를 인자人子라고 선언하면서 그 연약함에 굴복하지 않는다. 이들을 따르는 무리들의 인간농사 역사를 보면 이천년 주기로 변화되는 역사의 거듭 낳기―동시성 시대의 등가현상―을 무엇이라 설명하리오. 존재의 제일 원인을 설계자의 출발점으로 보는 통합된 정서는 적어도 경험한 것만을 말하려 하며 질문을 하되 간절한 마음으로 그 과정에서 이탈되지 않으려 함이니, 이를 순결한 생명의 魂이라 말하리.

변방으로 간 이방인

길을 잃지 않으려고
운명처럼 느린 삶을 선택한
그— 날로부터
바다문명文明은 빛을 잃어 간다.

흔들리듯 속삭이듯
늦은 밤바람

구절초 시들 듯
시들어도 아니 오는
세월을
쓰다듬고 지나간다.

오래 참는 이여
소유하지 않는
사랑만이 아름답다 하고

참고 또 참음이 느린 삶이라 했는데,

저녁이 되고 아침이 되는
갈색* 신비의 치유 시간

달팽이에게 숲의 사정을,
민물새우에게 시냇가의 사정을,
다람쥐에게 겨우살이 사정을 물어보고
근심하며 돌아서는 등 뒤로

그대들의 세상일은 어떠한가
뇌성처럼 묻는다.

* 셈의 장막

닮고 싶은 이여

가까이 다가서기 전에는
알아볼 수 없었던
님의 얼굴을
이제 눈 감고도 알 수 있습니다.

보기에는 볼품없고
마른풀같이 핍절한 모습은
우리에게 진액을 뽑아
허기를 면케 했기 때문입니다.

우리를 위해 흘린
땀방울이 있었기에
척박한 땅이 기름지게 되었고

우리를 위해 주야로 흘린
눈물이 있었기에

영혼은 속박에서 자유할 수 있고

우리에게 죽음도 빗겨가는
꿈을 주었기에
영원함을 노래할 수 있습니다.

닮고 싶은 이여
우리와 영원토록 함께 하시옵소서.

껍데기 1

찾는 사람詩人
아니 보이고 소란한 난장인데
권문權門만 입 벌리고 있구나

껍데기 2

다리 밑에는,
예나 지금이나
도적만 사는 게 아니지
성자도 잠시 머물다 간다.

껍데기 3

낙엽 진 길을 쓸고 있는 것은 시간이 그리 많지 않음을 안타까워하기 때문입니다.

어리석은 발자취를 덮어버린 흰 눈을 쓸고 있는 것은 더욱 현명해지려고 발자취를 내놓아 교훈 삼으려 함입니다.

껍데기만 가꾸려는 이 세월은 저리로 가라. 속은 병들어 멸망의 길을 재촉해도 껍데기만 아름다우면 좋다는 세상아—

겉과 속이 다른 광란의 포장기술은 전쟁의 사악함 중 하나요, 겉 값이 속보다 비싼 것은 불 속에 버림받는 쭉정이의 비애로다.

진정한 껍데기는 속 값을 지켜온 헌신의 추억으로 기억되는 참모습에 충실해야 할 것인데, 눈을 감고 생각하니—

〈

책임을 전가하려고 두 갈래 길에서 동전 하나를 던지려 하
는구나.

손바닥으로 하늘 가리랴

아무르 강 언덕에서부터
시간이 뒤축이 닳아 없어졌다고,
잃어버린 역사의 머리와 꼬리는
그렇게 없어졌다고,
몸살을 앓는 그 소녀는 본 대로 들은 대로
도요새처럼 하늘 높이 날아올라
한쪽 날개를 포식자에게 내어 주면서
그 순간 소리쳤다.

제일 큰 바닷가에 서서 있는 나이 어린
한 소년을 향해서 소리쳤었지
이를 잊지 말라고―

님의 발자취는 영원히
무형의 사초史草에 기록됨으로
훗날에 남아 있으려니

〈

누가 뭐래도 이렇게 기록되리라

어린양 잔칫날이 오면
초대받지 못한 들짐승은
쫓겨난바 되었고 울 밖에서 슬피 울부짖더라.

의자소묘 椅子素描

세상 두루 다니며
찾아보니
아름다운 의자는
이상하게도
등받이가 없다.

그 위에 앉은 이들 살펴보니
가장 낮은 자리에서도
범접할 수 없는 모습
빛 가운데 성스럽게
반듯하였네.

늘 깨어 있는 이들

좋은 일은 갑자기 찾아오고, 나쁜 일은 한꺼번에 몰려온다
는 잠언이 있지. 늘 깨어 있는 이는 온유하고 겸손하여 요
란스럽게 좋아하지 않으며, 노도처럼 밀려오는 검은 기운
앞에서도 두려워하지 않음은 미리 알고 준비하고 있었음
이라.

이런 분이 계신가요

가는 길을 찾지 못할 때
앞서가며
용맹스럽게 길을 열어주시는 분이
계신가요.

길을 가다 외로움에
지칠 때 옆에 서서
혼자가 아님을 알게 하시는 분이
계신가요.

앞장서서 길 없는 길을 갈 때나
갈림길에서
나의 선택이 옳았다고
증거하며 뒤따라오시는
그런 분이 계신가요.

이유

지팡이 키는
사람들보다 커야 한다.
군중 속에서
지팡이 끝만 보여도
인도자를 찾을 수 있게—

평지풍파平地風波도 고요의 산물

벽시계를 맞추려고 태엽을 감은 후 거꾸로 분침을 돌려 시
침을 우주시간에 가져간다.
눈에서는 세상에 없는 높은 산악이 솟아나고 폭포가 연어
가 오르듯 위를 향해 솟아오르고, 귀에서는 돌고래가 보내
는 전파를 타고 폭풍을 일으키는 파도 소리가 구름이 되
고, 코와 입에서는 초식동물들이 끝없이 줄지어 나오고, 발
뿌리에서는 지진파가 느껴진다.

그러던 어느 날,
질그릇 깨지는 소리에 모든 공간은 정지하고 벽시계는 다
시 돌아가기 시작한다.

누군가 내게 가풍家風을 묻는다면
토기장이가 그 그릇이 마음에 들지 않을 땐 사정없이 깬다
고 말하겠다.

새김질

한 언어가 있어
이로써 비롯하여
도달할 수 있는 생각은
소통과 어울림이라
때로는
굴레를 떠난 풍경소리 따라
자고 깨는
육신은 연약해도
영혼은 굳세었으니
살아있는 말은
영혼의 새김질이다.

항상 부족함을 아는데

날팟대 세우는 세속을 탈출하려고 삼경三更에 달빛 줍는 대숲에 이르니 한 음성이 있어 나를 기다렸다 하신다.

소리는 귀로 듣되 말은 마음으로 받으라신다, 생명은 귀함을 아는 눈으로 보되 판단은 스스로 하지 말고 천지도수天地度數에 맞추라신다.

정精이란 먹고 내놓는 일에 충실해야 하고, 생기生氣는 받아쓰고 자연으로 돌려줘야 하며, 심령心靈은 비움과 채움의 파동을 고르게 해서 늘 감사하는 즐거움에 이르러야 한다고 하시고, 다시 그 세상으로 가서 촛불이라도 켜 어둠을 밝히라 하신다.

은밀한 말

의지Ethos가 있는 곳에
믿음과 꿈所望이 있고

이성Logos이 있는 곳에
참사랑이 깃들고

감성Pathos이 있는 곳에서만이
감사하는 마음으로
끝없는 생명의 원동력이 되노니

이는 영원한 노래요

주는 자와 받는 자만이 언어를 넘어
검지 끝을 맞대어 본다.

정음正音의 비밀

종소리 손잡고 오르내리던, 그 시절
잊을 수는 없어
별처럼 깜박이며 밤이 새도록
글자 조형놀이를 하고 있었지, 훈민訓民
정음正音 해례본解例本 신묘하고 신비하네.
사람을 하늘이 품고 땅이 기르듯, 소외된 이들
깊은 정 소통하려고
명命을 깎아서 만든
그 깊고 한없는 은혜
이제는 꽃 피워 열매로 보상받는
온 누리 유산으로 가슴으로 품었네.
인류의 구음口音*이 본디 하나였으매, 흩어져
담을 높이 쌓고 문을 굳게 닫았던
역사의 혼돈은 끝나리니
하나의 구음으로 하나 되는 날
동방의 빛 일곱 등촉이 장막 안에 밝혀지리.

* 창세기 11:1—9

117

옛 홍산문화를 찾아서

잃어버린 옛 발자취 찾아
얼 · 말 · 글이 하나로 화化하는
먼 미래의 길을 열자

이 계절이 되면
큰 언덕이 보이는
폭풍우치는 척박한 땅에
늘 푸른 나무를 심고

훗날
이곳을 거니는 우리네 아이들이
슬기롭고, 도도하기를 바라며

상서로운 기운이
소통하는 숲으로
바람처럼 모여들게 하자.

아이들에게

순수한 소통이 막히고 앞이 보이질 않는
잘못된 관계에 상처받고
외로움에 고통을 녹이지 못하는 아이들은
이 세월을 어떻게 이해할까

모든 생물이나 존재하는 물성에 보편적으로 존재하는 속
성을 뜻하여 이를 생명이라고 한다면, 낳고 자라고 병들어
소멸하는 생명체의 정해진 일, 이를 조절하며 자극에 반응
하는 마음 이것은 무엇인가?
시공간의 변화의 진행, 물질의 이동과 정신감응, 에너지의
전환으로 변환되는 과정을 이해하지 못하면 고뇌의 원인
을 알 수 없다.

마음은 변화를 부정하거나 크고 큰 변화의 과정 속에 생명
에 대한 욕망은 유한성이 영원성을 보장받으려는 집착에
서 벗어날 수 없어 그 무게를 감당하지 못하면 지혜의 바

다에 뛰어들어라.

거역할 수 없는 시ㆍ공간에 대한
두려움을 내려놓고
절대 행복의 경지에 도달하려는 몸부림으로
생명의 파동에 동조되는 순간에 마음을 열라, 그리고

생명의 탄생이 열매라는 사실을 깨달으면
꽃은 바르게 보이고 그 꽃을 꺾지 않으리니, 또한
물이 하늘에서 출발하여 높은 땅에서 낮은 땅으로
흘러가는 동안 뭇 생명이 그에 의존하는 일을 안다면
더는 물을 더럽힐 수 없다.

과정을 있는 그대로 보는, 합리적으로 이해하려는
성찰이 있는 아이는, 반드시 바른말을 할 것이오.
자신의 생명이 온 누리와 연결됨을 알지니

널리 유익하게 하려는 일에 마음을 다할 것이니
이로써 깨달음의 큰 문이 열리리라.
모든 생명들이 어디서 와서 어디로 가고 또 어떻게
변화해 가는가를 알게 되고, 참으로
생명이 이르는 궁극의 경지를 넘어 빛의 경지에
도달한다면 어찌 기쁘지 않으리오.

아이들아! 굳세어라.
도고일장道高一丈이면 마고십장魔高十丈의 가시밭길을
자신들을 믿고 맨발로 걸어라.
그 끝에서 절대 행복의 빛의 나라에 임하리라.

6부

소도蘇塗

모두 모여드는 길은
온유한 자에게로 통하고
사랑과 윤리는
약자들을 위한 방패와 창이 있는
견고한 성城이라
하늘의 도량형은 모두에게
항상 정의로워라.

통곡

통곡은
위로받을 뿐만 아니라

슬픈 이의 깊은 상처를
치유하는
동력 중의 동력이라네.

슬픔을 아는 이여
용기 있게
그 앞에 서라

대면하고
똑바로 보라
누구를 닮았나를

우리라는 말

우리라는 말은
믿음 속에서 하나의 생명체라
선언하는 호칭이며

우리라는 말은
한 길로 가며 소망의 깃발이라
펄럭이는 환호이며

우리라는 말은
마르지 않는 샘물이라
영원한 행위이며

우리라는 말은
다솜으로 생명을 품어
모든 것으로 완성시키는 울타리입니다.

생명의 과정

석공石工이 쓰다 버린
돌도 아닌 뜨인 돌이
로마로 날아갔다.

그 후
온 세상이 깨진 돌로 가득하였고
몇십 생生을 돌고 도니

천지사방 바람 불어
눈과 귀가 온 세상 가득하였네
숨을 곳도, 가릴 것도 없이

육 · 해 · 공 수난의 날에도
느린 삶을 영위하는
푸른 생명들이 있어

꽃의 완결은 생명을 담고
땅 끝까지 여행하는 일이니
한때가 가고 한때가 와도
눈은 볼 것이요 귀는 들을 것이라

참된 즐거움은
생명의 과정이니
느린 삶을 영위하며
서로 주기만 하는
서로 닮은 이들의 행복한 여행처럼

고백할 때

사랑의 온전함은
부족함이 없는 조화입니다.

사랑의 시간은
영원한 동행입니다.

사랑의 공간은
하늘을 닮은 동그라미입니다.

그래서 사랑의 마음은
영원한 청춘입니다.

이럴 때가 고백할 때입니다.

첫 번째 고백

님은 멀리 있어도 내 곁에 있는 생명의 숨결이요.

시작도 끝도 없는 시공을 초월한 감동의 파동이요.

있음의 그리움이 되었나이다.

내 젊음의 초상

지금은 흘러가 버린 꿈같은 날
내 젊음의 얼굴이 지금의 나를 바라보며 묻는다.

그대 조상의 얼굴을 보셨는가.
부모의 얼굴을 보았네
아버지에게 또, 그의 아버지에게⋯⋯
물어볼 수밖에

그대 자신의 얼굴을 보셨는가.
아무리 보려 해도 볼 수가 없네
나를 늘 관찰하는 님에게 절하면서
물어볼 수밖에

그대 사랑의 방정식은 푸셨는가.
아직도 틀려서 다시 풀곤 한다네
그것도 수학으로 풀 수 있는 것은 아니네만

생명이 영원하다는 기호만은 찾았다네.

그대 자유를 누리셨는가.
아직도 시험 중이네
난이도가 높아서 빛을 쫓아가는 것 같네만
하나 분명한 것은 남을 속박하지는 말아야 한다네.

그대 마음에 드는 생업을 찾으셨는가.
즐기면서 하는 일을 찾았다네.
뜻있는 농사를 지으려고 실험 중이네

그대 '그대 몸' 같은 '우리'를 만나셨는가.
방랑자가 되고, 길 가는 데는 이골이 나서
여기저기 흩어져 있는 것은 확인했다네.

그대 언제 본향에 가시려나
후회가 없을 때네.

채움과 비움의 기도

음이온 산소가 들고 날 때는, 몸과 마음이 모르고 살다가
그가 병들었을 때 함께 병든다는 사실을 알고 난 연후에야
그가 함께 있었음을 알았소.
그가 변신하여 하나같이 큰 파도가 되었을 때 바다라 생각
했으나,
그가 몸 안에서 수고하고 애쓰며 아파하는 지극히 작은 물
방울이란 사실을
깨달았을 때 작은 것에 감사할 줄 알게 되었소.
무한한 우주공간에 빛이 없었더라면 무엇을 보고 꿈을 갖
으리오.
공기와 물 그리고 빛에 대하여, 채움과 비움에 대하여,
스스로를 작고 작은 존재임을 알게 되는 것이 무엇을 의미
하나,
참된 사랑과 기쁨은 같이 있을 때는 모르고 떠난 후에야
알게 되는
흔적이란 깃털, 사랑은 대상이 있음이 아니오.

사랑은 사람 안에 있는 지극히 작은 실재이나 우주를 채우
는 빛과 같음에—

평생숙제

온누리에 편재遍在하는 보편성普遍性은 생존과 행복 추구의
평등성을 뜻하는 말이다. 그 평등성엔 상호존중성이 요구
된다.

— 어느 노교수의 담론 주제

진정한 사랑과 소통 없이는 이것은 이룰 수 없는 경지다.
과거의 기록이 미래의 예측과 대화하고, 미래는 과거의 향
상성을 꽃 피우고 열매 맺을 뿐만 아니라, 때가 되면 추수
하는 도리깨 역할도 해야 한다. 생존의 은밀한 정보공유와
존재의 실상에 대해 소통되지 않는 종種은 스스로 종말을
맞이했고 누리에서 소멸되었다. 그리고 미래도 그러하리
라.

— 어느 지구과학자의 증언

지구과학이 옹알이 수준으로 재잘대고 있고, 이를 누군가
잘 보살펴야 할 것이라고, 쉽게 수혈하듯 사랑을 헌혈하는

몸살로는 때가 늦었다고 일갈한다.

연구실 창밖엔
담쟁이넝쿨이 입추立秋의 갈퀴에 걸려
높은 곳을 향하여 오르는
등반을 포기하고
바람에 맞서기로 했다.

세월이 변하는 것을
알고는 있지만
나의 스승은 평생 걸리는
숙제를 내주셨다.

수리數理와 노력

1 · 2 · 3 · 4 · 5 정서의 수(Mind)
6 · 7 · 8 · 9 · 10 존재의 수(Being)

조화造化의 수數 ←→ 과정철학*
조화란 제1원인의 또 다른 얼굴

인간보다 훨씬 더 초절한 스스로 있음에 대한
신앙인격이 앙망仰望하는 그곳에서

인간의 사유는
수리數理로 유무有無 사이를
극복하려는 노력이라도 하니 가상타.

* A key to
Whitehead's 'Process and Reality'에서 인용-

138

응대

묵향에 취하여
부처付處된 세월도 잊고
벼루 바닥을 예닐곱 개 뚫은
그 구멍 속에
하늘 호수를 만들고 구름 배를 띄우니
사계四季를 뛰어넘는
흰 수염이 바람에 향기롭다.
고개를 오를 땐
숨이 턱에 차오르더니
너머 내려가는 발걸음은
큰 날개를 달고
초월여행하겠구나.

시공초월時空超越

은하 뒤틀림WARP을 연구하는 이들이 있다. 우주를 유영하는 은하의 몸짓 한 번을 사, 오십억 년의 출렁임이라고 계산하는데 이 장관을 관찰할 수 있는 인간의 기능은 없다. 영혼이 불멸해야 하고 그 영혼의 몸이 그 시간을 극복할 수 없기 때문일 것이다. 그런데 과학자는 이를 증명하는 계산을 하려 들고, 우주상수를 만져보는 즐거움과 끝없는 물음에 정열을 쏟는다. 우주를 들여다본다는 설레임은 거룩하고 경건한 믿음이며 또한, 이에 대한 감사함을 먹고 산다는 것은 하나의 소명의식이다. 그러던 어느 날,

생각이 도달한 곳은
시작과 끝이란 울타리를 훌쩍 넘어
또, 새로운 물음에 이르는 길 위에서
시공時空의 설계도를 펼쳐보려는데,
아직은— 이 신비함을
요 질그릇에 담을 수는 없었다.

태초시간 Planck time*

지구 시간 10^{-3}이라
태초 우주의 크기는 10^{-35m}의
온도는 10^{+32K}라고,

쏜 살도 빠르다고 말하는
선조를 둔
우리들의 머리로는
그냥 가슴에 품자

이야기꾼의 말재주에
흥겨워하며 밤을 품어 보자.

아니지, 수학은
냉정함을 잃지 않으니
수학 선생님 수 풀이를 눈여겨보자
내가 알기로는

10과 12가 있으면
쉽게 이해가 되는데—

돌멩이 하나가 자기를 닮은 돌멩이 하나를
앞마당에 데려왔다.

줄다리기하는 소리
말 부딪는 소리가
바이올린과 피아노 소리로 들린다.

가령 중성자 질량은
939.565 560(81) MeV/c²(메가전자볼트)
이것이 우주의 생명줄이라고
'우주상수'는 순수 수
10^{-120}
0 뒤에 소수점을 찍고

119개의 0이 오는데,
우주의 텅 빈 싸늘한 공간을 면한 덕에
지금은 코리아의 땅에서는
소방관 호출 번호가 되었다.

태초太初란 태시太始의 발현이다.

* 막스 플랑크와 알베르트 아인슈타인의 물리학 이론 인용

영원의 문

두려움과 부끄러움으로부터
자유하려면

허공을 미끄럼 타듯
짐의 무게를
가볍게 해야 한다네

이 비밀은
무중력에서
오묘한 노래를 듣다가

생사의 그물에
걸리지도 막히지도 말아야 한다네

생사는 한 몸

숨 쉬는 생명이
태어나고 살다가 졸卒하는 것은
한 몸의 춤사위라

이 일은 한 떨기 꽃이
피어나 시들기까지
열매를 맺게 하는 과정過程이라

생生은 상사점上死點
사死는 하사점下死點

돌고 돌아
변화하는 몸으로
신비하고 거룩한 우주 광역을
시간 여행하느니

머물러 있는 것은 없다 周易

가는 것도 이 짓이요.
오는 것도 이 짓이라.

없음은 없음이 아니라
수렴한다는 뜻이요.
있음은 비롯된 것이 아니라
조화造化의 시작과 변화의 과정을 뜻함이라.

중력의 설계도

언덕을 거니는 아침 동안만이라도
신비로운 현상을 놓치지 말라

겨울이면 찾아오는 기이한 현상
눈송이들이 팔 벌림으로
제각각의 언어와 몸짓
각기 다른 얼굴이 존재하는 것으로
오로지 6각뿐인 다윗의 별처럼
눈뼈의 언어를 설명하듯

봄날, 여름날, 가을날, 또 다른 날
'황금 수' 수학 상수에 의해
꽃들이 1, 5, 8, 13…… 꽃잎을
여지없이 내놓는 약속은
누가 낳고 기르고 가르치고
있는 것일까,

〈

잠시 밤하늘을 올려다보자
갓 태어난 밤하늘은, 아기의 손톱 위에도
얹을 수 있는 알갱이 속에
우주의 설계도가 있었다는
시간 저편의 속삭임을 듣는 귀,
황금비의 숫자가
변형되는 태초의 발걸음 소리가
들려오는 그 언덕에 서서 있자.

기식氣息 있는 생명들이 감당하지 못하는
일이 생기거나, 보면, 두려워서
오로지 신의 몸짓으로 보는가.
그의 설계도를 보는가.
곤욕을 치르는 주먹만 한 우박들아
돌덩어리가 외쳐댄 신의 생각을

이해할 수 있겠는가—

'나'란 의식에 의지하는 중력의 실체가
마음이라면 그 마음이 무엇이냐고
묻는 말에
성자의 일기장에 기록된 한 편의 글로
설명될 수 없는 분량으로 계량할
말은 아니라고 고백한다.

그러니까 이 모든 일에
신을 갖다 붙인 이유가 무엇이냐 그러니까,
그냥 탄생이라고 말하라!
그래, 그냥 말로 표현 못 할
창조하는 님의 지문이 묻었다고 말하자.

20억분의 1℃의 편차를 구하는

친구가 천 년 전에, 아니 백 년 전에 뿌려진
보리알이 지금은 어찌 되었느냐
묻는 말에 까우뚱하는 얼굴들이

설 깨인 눈을 비비는 순간,
아기 우주를 데리고
그의 뜰을 거니는 설계자여

나는 지금 배가 고프나이다.
그래서 중심이 비었나이다.

볼 수 없는 설계자의 뜻

천 개도 안 되는 원자로
만들어진 유전자DNA
이것의 내구성과 영속성은
생명의 신비

에너지 준위
그것의 시 · 공간에 대한
견고한 구성이 유기체 운동으로
발현되는 확률을
인간이 계량하려는 행위는
오만인가 축복인가

아니지, 볼 수 없는
설계자의
오묘한 손길을 기다려야 할 인내와
겸손이 있어야지.

하늘을 기웃거리는 아이들

물리학동이가 생물학동이와 생명이 무엇인가를 논하다가 답을 찾을 수 없자, 철학동이가 사는 다리 밑을 찾아가 점심 동냥을 하고 의기투합하야 셋이 손잡고 태초太初를 논하는 하늘 강의실을 찾아들어 저녁밥 달라고 소리치니, 저녁은 주겠는데 어른들 조화造化놀이에 방해는 말란다.

가만히 드려다 보니 다들 눈 만 감고 빙 둘러앉아 검은 돌맹이 하나를 가운데 두고, 서로서로 고개만 끄덕끄덕하다가 "시원하다! 시원하다! 아주 시원하다!" 하는데, 호기심이 동한 아이들 셋이 판을 박차고 들어가 그 돌맹이를 훔쳐 들려 하니, 돌맹이가 꿈쩍도 하지 않는다.

무게가
우주의 별 무게 합合 보다 적지가 않단다.

천하일가 天下一家

바람처럼
돌고 돌아서
똑같은 감성에
같은 말을 쓴다면 일가로다.

같은 공기 숨 쉬고
같은 물 먹으면 식구로다.

같이 슬퍼할 줄 알고
같이 기뻐할 줄 안다면
사랑을 안다는 말이다.

낳아주는 하늘이 있고
길러주는 땅이 있으니
천하가 평안하고 즐거워라
〈

어허디야—
선경 가세
어두워지기 전에
선경 가세

다른 별나라에 문안하세

* 천산 기슭에서 채록한 민요 中에서 발췌

154

묵상默想 중에

이 고요 속에 감당키 힘든 떨림과 간절함은 내게 무엇을
말하려고 다가오는 발걸음일까

미래를 위한 시적 사유, 소통의 철학

권경아 (문학평론가)

1

우현友玄 김상경 시인의 시집 『날갯짓』은 철학적 소통에
대한 사유를 통해 세계를 변화시키려는 시적 모색이라 할
수 있다. 이 시대의 인간과 사회는 극단적인 개인주의로
인해 사회적 윤리와 정의가 더 이상 공존의 논리가 되지
못하고 있다. 시인은 이러한 세계의 어둠과 혼돈의 원인을
소통의 부재에서 찾고 있다. 타인에 대한 의식과 배려가
없는 윤리의식과 사회성의 부재는 이 세계를 절망과 혼란
의 상황으로 치닫게 하고 있다. 이 시집에서 시인은 소통
의 철학을 통해 인간이 어떻게 살아가야 하는가를 생각하
고 나아가 보편적인 삶의 가치들은 무엇인가라는 철학적
물음을 통해 어떻게 세계를 변화시켜야 하는 지에 대해 천
착하고 있다. 이 시집은 소통에 대한 철학적 사유를 시적
언어를 통해 보여줌으로써 세계의 변혁을 시도하고 있다.

소통의 시적 언어로 세계를 변화시키려는 시도, 이것이 김상경 시인의 시세계가 드러내는 소통의 시학이다.

> 마음이 열린 이들에겐 바람처럼
> 담이 없는 싱그러운 숲이 있고
>
> 마른 뼈가 가득한 곳에
> 생명의 바람이 불어온다.
>
> ─「소통」 전문

"마음이 열린 이들"에게 "담이 없는 싱그러운 숲"이 있다. 마음이 열려 있는 개인들이 모여 있는 곳에는 담이 없다는 것은 이러한 개인이 모여 있는 사회 또한 서로 열려 있다는 것이다. '소통'의 세계이다. 이 세계는 개인이 모인 사회이기에 '나'가 아닌 '타자'에 대한 배려와 관심이 무엇보다도 중요하다. 자아 중심적인 가치실현도 중요하지만 타인 중심적인 사회윤리를 실천하는 것 또한 사회 유지의 기본조건이라 할 수 있다. 이 시에서는 인간들 사이의 소통은 곧 사회 간의 소통으로 이어져야 함을 말하고 있다. '소통'의 문제를 개인의 차원을 넘어 사회의 차원으로 확대시키고 있는 것이다. 개인과 사회의 소통은 "마른 뼈", 죽음 또한 "생명의 바람"으로 바꾸어 놓는다. 소통은 죽음마저 생명으로 전환시킬 수 있다는 믿음. 깊은 철학적 사유가 정제된 시적 언어로 발현되고 있는 이 시는 시인의 시세계를 함축적으로 상징하고 있다는 의미에서 의미심장하다 할 수 있다.

타자철학을 제안하고 있는 엠마뉴엘 레비나스Emmanuel Levinas가 주목하는 것이 바로 타인 중심적인 사회윤리의 실천이다. 그는 신과 인간 그리고 생명의 신비를 새롭게 사유하고자 하는 근본적인 철학의 물음에서 시작하여 인간의 삶에 대한 근원적 물음을 철학적 성찰로 사유하고 있다. 즉 신과 인간, 주체와 타자의 관계 등에서 사유될 수 있는 인간실존의 문제와 여기에 숨겨진 형이상학적 이해가 그의 타자철학을 잉태시키고 있는 것이다. 근대 이후 서구의 수많은 철학자들이 중요하게 생각했던 것이 자아와 사유를 위한 주체철학이라 한다면 레비나스의 타자철학은 사유중심적인 코기토Cogito의 윤리보다도 타자 중심적인 삶의 윤리를 지향하고 있다. 이상적인 미래사회를 인간 공동체에서 구현하는 것을 목적으로 했던 레비나스의 타자철학과 김상경 시인이 맞닿고 있는 부분이 바로 여기이다. "온누리에 편재하는 보편성은 생존과 행복 추구의 평등성을 뜻하는 말"(「평생숙제」)이라는 의미에는 타인에 대한 배려와 존중이 담겨있다. "그 평등성엔 상호존중성이 요구된다"는 진술에서 확인할 수 있듯 시인에게는 타인과 타인이 서로 존중함으로써 평등이 이루어지고 그것이 곧 보편성을 획득할 수 있다는 인식이 내재되어 있다. "생존의 은밀한 정보공유와 존재의 실상에 대해 소통"되어야만 인류가 존재할 수 있다는 인식. 즉 "진정한 사랑과 소통"만이 미래를 만들 수 있다는 인식 또한 타인에 대한 깊은 성찰인 것이다.

  김상경 시인은 개인과 개인 사이의 소통을 중시한다. 또한 개인들 간의 소통을 넘어 사회, 세계의 소통을 지향하고 있다. 역사의 혼돈이 시작된 이유는 "인류의 구음이 본디 하나"(「정음正音의 비밀」)였는데 "흩어져 담을 높이 쌓고 문을 굳게 닫았기" 때문이다. 하나의 소리, 언어였을 때는 함께 사유하고 소통할 수 있었는데 흩어져 담을 높이 쌓고 서로 문을 굳게 닫은 이후 "역사의 혼돈"이 시작되었다. 이러한 "역사의 혼돈"이 끝나는 날이 바로 "하나의 구음으로 하나 되는 날"이라는 인식은 '소통'만이 우리의 혼돈을 끝낼 수 있다는 사유라 할 수 있다.

    우리라는 말은
    믿음 속에서 하나의 생명체라

선언하는 호칭이며

우리라는 말은
한 길로 가며 소망의 깃발이라
펄럭이는 환호이며

우리라는 말은
마르지 않는 샘물이라
영원한 행위이며

우리라는 말은
다숨으로 생명을 품어
모든 것으로 완성시키는 울타리입니다.

―「우리라는 말」 전문

　'나'가 아닌 '우리'라는 말이 상기시키는 것은 '혼자'가
아닌 '함께' 한다는 것이다. 개인이 아닌 사회이며 곧 세계
가 된다. "우리라는 말"은 함께 해서 하나라는 의미이며
"한 길로 가며 소망하는 깃발"이다. 함께 한다는 것은 또
한 "마르지 않는 샘물"이라 영원함이 된다. 타인에 대한
사랑으로 서로를 품는다는 것은 "모든 것으로 완성시키는

울타리"라고 시인은 말하고 있다. 타인들과 공생할 수 있는 공동체에 대한 인식과 사유는 이 시집의 전반에 흐르고 있으며 시인의 시세계를 관통하고 있다고 할 수 있다. "느린 삶을 영위하며 서로 주기만 하는 서로 닮은 이들의 행복한 여행"(「생명의 과정」)을 "참된 즐거움"이요 "생명의 과정"이라 시인은 말하고 있다. 이것은 타인과의 소통이 새로운 생명의 탄생을 가져온다는 믿음, 소통이 만들어내는 조화와 융합만이 혼돈의 이 세계를 변화시킬 수 있다는 믿음이다.

2

　　산양의 뿔은 왜 뒤쪽으로 휘었을까. 어떤 이는 이를 보고 처음부터 싸움을 포기한 동물이라고 한다. 그런데 잘 관찰해 보니 아―하! 하는 탄성이 절로 나온다. 초식 동물이라서 초목과 잔가지와 관목을 좋아하며 경사가 가파르고 높은 암벽으로 이루어진 숲에서 서식하고, 그 성질이 고약해서 바위와 바위 사이를 타고 절벽과 절벽을 건너며 꼭대기꼭대기, 위로위로만 향하는. 그렇게 뒷걸음질 칠 줄 모르고 앞으로만 향하는. 그래서 뿔이 숲에 걸리지 않기 위해서 뒤로 향했다고 말하는 편이 어떨까.

　　　　　　　　　　　　　　　　　　　　―「생존의 지혜」 전문

산양의 뿔이 뒤쪽으로 휘어있는 모습에 어떤 이는 "싸움을 포기한 동물"이라 말하기도 하지만 시인은 산양의 습성을 통해 산양을 이해하고 있다. 산양은 초목과 관목을 좋아하는 초식 동물이기에 풀을 주로 먹지만 성질이 괄괄하여 바위와 바위 사이, 절벽과 절벽 사이를 거칠게 건너 뛰어 다닌다. 그렇게 꼭대기로만 뒷걸음질 모르고 초목 사이를 뛰어 다니는 산양의 습성을 관찰하다 산양의 뿔이 뒤로 향하게 된 이유를 생각해 본다. 그것은 산양의 습성에 맞게 자연스럽게 뒤로 향하게 된 것은 아닐까 하는. 초목에 뿔이 걸리지 않게 수많은 시간을 흐르며 자연스럽게 뒤로 향하게 된 것이라는 생각. 시인의 이러한 생각은 자연의 순리, 이치에 따른 인식의 결과이다. 자연을 거스르지 않는다는 것. 순리, 이치를 따라 자연스럽게 흐른다는 인식. 이것은 시인이 인간과 삶, 세계를 보는 인식과 관련이 있다. 자연스럽다는 것. 자연의 이치를 따라 자연스럽게 흐른다는 것.

이 시집의 표제시이기도 한 「날갯짓」에서 기러기는 "때가 되면 열리는 하늘길"을 향해 날개를 펴고 날아오른다. 자연의 순리에 따라 꿈꾸고 나래를 펴는 기러기는 막을 수 없는 것이다. 기러기는 혼자서 길을 떠나지 않는다. 편대를 이루며 함께 '하늘길'을 날아오르기 시작하는 기러기들의 '날갯짓'은 미래를 향해 나아가는 젊은 세대들의 힘찬 도약이라 할 수 있다. 미래세대들의 힘찬 '날갯짓'으로 열리는 '하늘길'이 곧 희망찬 미래이다. 이러한 미래로의 비상이야말로 자연의 순리이며 동시에 인간이 만들어가야 할 미래임을 시인은 인식하고 있다. 이 시집에서 시인은 '하늘길'을 열어가는 미래세대에게 긍정의 시선을 보내는 한편 함께 '하늘길'을 열어가자는 희망의 메시지를 보내고 있는 것이다.

　모든 생명활동에는 "순환의 도리"(「잡초 소고」)가 있다. 그것은 "생명력"이다. 생명이 있는 것들은 "햇빛을 받고 물과 공기를 끌어당긴다". 살아간다는 것은 서로를 필요로 하고 의지하며 소통하고 그렇게 서로를 끌어당기며 순환을 한다는 것이다. "서로 의지하고 품어주고 기르는 일"이 반복되며 "생명망이 짜이고 자연의 큰판"이 만들어진다는 것은 시인이 생명, 삶, 세계를 바라보는 인식이라 할 수 있다.

　　빛과 공기와 물은
　　한곳에 머물러 있지 않은데
　　이들의 움직임을
　　있는 대로 느껴 보려고

따라가다가
살아 움직이는 문으로 들어가 보니
생명이 생명을 낳고
품고 기르매
널리 유익게 하는 법으로
좋은 꿈을 꾸게
가르치고 있더라

─「수렴收斂의 묘描」 전문

"빛과 공기와 물" 자연은 한 곳에 머물지 않는다. 흐른다. 순환하고 있는 것이다. 이 흐름을 따라가다 보면 "생명이 생명을 낳고" 품고 기르고 있다. 이것이 자연이다. 자연의 순리는 한 곳에 머물지 않고 흐르며 순환한다는 것. 소통이다. 서로 통해야 한다는 것은 자연의 이치에만 해당되지 않는다. 인간들 사이에서 이러한 소통은 중요하다. 어미 소와 송아지가 같은 소리로 "음―매―"(「음―매―」)하는 것은 말이 통한다는 것이다. 까막눈의 어머니들이 전선에서 온 아들의 편지를 읽기 위해 부끄러워 할 여유도 없이 야학당에서 늦은 밤 글씨 공부를 했던 이유도 "말이 통하는 행복"을 위해서이다. 연필심에 침을 묻혀가며 꾹꾹 눌러쓴 답장을 우체통에 넣던 "엄니 얼굴들엔 환한―미소"는 소통하는 기쁨이다. 아들의 "음—매—" 소리에 "음—매—"로 답을 하는 어머니들의 소리는 말이 통하는 기쁨인 것이다.

자연의 순환과 관련이 되는 것이 또한 미래 세대에 대한 관심이다. 자연의 흐름에서 "생명이 생명을 낳고" 품고 기르는 것과 마찬가지로 인간은 다음 세대를 낳고 길러야 한다. 이는 미래 세대들에 대한 교육의 문제로 이어진다. 다음 세대들을 향한 관심은 시인의 시세계의 주요한 부분을 차지한다. "일 년 농사의 완결편"(「안채를 위한 문답」)은 "어머니의 손끝으로 마무리"된다. 평생의 흔들림을 지켜주는 "영성의 바탕 교육"이 "어머니의 무릎"에서 시작되고 "어머니의 참사랑"에서 성장한다는 것은 싹부터 튼튼하게 길러주는 진정한 교육의 중요성을 상기하고 있는 부분이다.

> 지팡이 키는
> 사람들보다 커야 한다.
> 군중 속에서
> 지팡이 끝 만 보여도
> 인도자를 찾을 수 있게—
>
> —「이유」 전문

시골집의 낮은 문틀에 머리만 받혀도 "아파서 펄펄 뛰는"(「마음농사」) 젊은 혈기는 아직 참을성과 겸손이 부족하다. 아픈 세월 따라 겸손해지고 "허리 꺾고 머리 숙이는 지혜"를 얻게 되는 것을 시인은 "인간농사"라 말하고 있다. 시간이 흐르는 과정 속에서 지혜를 배우게 되는 인간농사는 곧 마음 농사이며 참교육을 통한 배움의 결과이다. 교육의 중요성에 대한 인식은 교육자, 혹은 지도자에 대한 인식으로 이어진다.

인도자의 지팡이는 다른 사람들보다 커야 한다고 시인은 말한다. 그것은 많은 군중 속에서 "지팡이 끝"만 보여도 인도자를 쉽게 찾을 수 있게 하기 위해서이다. 지도자의 말과 행동, 그의 사유나 인식은 후세대들에게 많은 영향을 미친다는 것은 물론이다. 그의 말과 행동 뿐 아니라 모든 것이 따르는 자들에게는 등불과도 같기에 지도자는 다른 사람들의 길잡이가 되는 것이다. 그들의 "지팡이 끝"이 중요한 이유는 여기에 있다. "사람 농사 잘 지으려 밤잠 설치는 님"(「깨어 있는 님」)이 있는 곳에는 "만년 열매"가 열리고 그로 인해 "생명나무"가 풍성해진다는 것은 교육자가 흘리는 땀이 곧 생명나무를 만들어낸다는 것이다. 교육자, 지도자의 역할에 대한 시인의 인식이 잘 드러나는 부분이다.

3

그렇다면 이러한 참교육으로 그려지는 인간은 어떠한 모습일까. 그들이 만들어가는 세상은 또 어떠한 세계일까. 시인이 꿈꾸고 있는 이상적인 미래 세계에 대한 그림은 시인의 시세계를 관통하며 주요한 배경으로 떠오르고 있다. 세 번째 시집 『미래로 가는 계단』의 표제작이기도 한 「미래로 가는 계단」에서 그려지는 좋은 세상은 서로의 마음과 생각이 소통되어 하나로 어우러지는 세상이다. "이름 없는 들풀에게 예쁜 이름을 지어서 불러주려고 벌 나비와 상의하는 농부가 살고 있다는 그 나라". 이름 없는 들풀의 이름을 짓는 일도 혼자만의 생각으로 하지 않는다. 함께 살아가는 벌과 나비와 상의하고 있는 농부가 살고 있다는 나라는 소통과 조화가 중시되는 나라이다. 이 시에서 화자인 시인은 이러한 소통과 조화의 나라를 관찰하는 것에만 그치지 않는다. "무릎을 꿇고 물어" 본다는 것은 시인 또한 소통과 조화를 직접 실천하겠다는 의지의 표현이라 할 수 있다.

눈이 온 누리를 덮어야
청청한 나무인 것을
알 게 되지

〈

세찬 바람이 불어 봐야
큰 함성을 내지르는 것인 줄
알 게 되지

봄비가 내려 씻어 내려야
눈 감고 음미하는 것인 줄
알 게 되지

숲이 아닌 부활이라는 것을

　　　　　　　　　　　　　　—「노래하는 소나무」전문

　시인이 꿈꾸는 세상은 그저 아름답고 행복에 가득한 삶
을 의미하지는 않는다. "청청한 나무"인 것을 알게 되는
것은 "눈이 온 누리를 덮어야"만 알 수 있다. "세찬 바람"
이 불고 "봄비가 내려 씻어 내려야" 비로소 새로운 생명의
탄생을 볼 수 있음을 시인은 알고 있다. 멀리서 바라보면
고요하고 평화롭게 보이던 숲이 사실은 수많은 아픔과 시
련을 겪으며 숲으로 태어나고 있음을. 고통과 슬픔 속에서
'부활'하고 있음을. 부활은 가장 낮은 곳에서 비롯되고 있
음을 인식하고 있는 것이다. 지혜는 자비가 없다면 "훈련

된 이기심의 추한 얼굴"(「들풀을 어떨까」)일 뿐이며 "용서의 문" 앞에서 새로운 관계가 형성되고, "혹여 모든 것을 다 잃는다 해도" "새 생명을 얻는다"는 믿음을 시인은 갖고 있다. 사랑은 늘 충만한 마음이 아니라 "늘 모자라는 마음"(「사랑이란」)이며, 마음의 평화는 "손으로 움켜쥐고 있던 뿔 세 개 달린 괴물"(「뿔조심」)을 놓아줄 때 찾아온다. 욕망으로 소유했던 많은 '쇳대', 격식을 갖추며 차려 입었던 '꼬리 예복', 눈과 귀를 가렸던 무거운 '감투'를 멀리 보내니 찾아온 평화.

세상 두루 다니며
찾아보니
아름다운 의자는
이상하게도
등받이가 없다.

그 위에 앉은 이들 살펴보니
가장 낮은 자리에서도
범접할 수 없는 모습
빛 가운데 성스럽게
반듯하였네.

—「의자 소묘」전문

이 시에서 시인은 세상을 다니며 아름다운 의자를 찾아보게 된다. 그런데 "아름다운 의자는 이상하게도 등받이가 없다"는 것이다. 또한 그 위에 앉아 있는 사람들을 보니 가장 낮은 자리에 있으면서도 범접할 수 없는 모습을 하고 있다. "빛 가운데 성스럽게 반듯"한 것이다. 등받이가 없는 의자는 안락한 소파나 높은 자리에 있는 사람들이 앉는 편안한 의자와는 다르다. 일하는 사람들의 의자. 그 의자가 아름다운 것은 가장 낮은 자리에서 고단하게 살아가지만 자신의 자리에서 최선을 다하며 빛나고 있는 사람들의 의자이기 때문이다.

상반된 것들이라 생각했던 것들이 사실 서로 다른 것이 아니었다. 극단의 것들을 아우르며 소통을 통한 조화와 융합으로 만들어지는 세상. 시인은 소통과 화합의 세계를 꿈꾸고 있다.

4
　　한 언어가 있어
　　이로써 비롯하여
　　도달할 수 있는 생각은
　　소통과 어울림이라

때로는
굴레를 떠난 풍경소리 따라
자고 깨는
육신은 연약해도
영혼은 굳세었으니
살아있는 말은
영혼의 새김질이다.

―「새김질」 전문

　김상경 시인에게 '소통'은 "한 언어가 있어 이로써 비롯하여 도달할 수 있는 생각"이며 "어울림"이다. 소통은 언어로 인해 도달할 수 있는 생각이라는 인식은 언어로 통해 서로의 의사를 소통한다는 의사소통이론의 맥락과 닿아있다. 하버마스는 다른 언어행위와 달리 사람들 사이의 직접적인 상호 이해를 목적으로 하는 의사소통행위에 중요한 의미를 부여한다. 그는 합리적인 의사소통을 통해 진정한 자유와 해방에 이를 수 있음을 제안하고 이상적인 담화 상황을 형성해 자유스러운 의사 표현과 소통이 필요함을 강조했다. 의사소통은 사회성, 상징적 상호작용, 공동성, 타자, 만남, 대화 등과 같은 테마들과 밀접하게 관계되며 현대철학에서 논의되고 있는 주요한 테마이다. 후설, 하이데

거, 메를로-퐁티와 같은 현상학자들이나 나아가 레비나스가 주목하고 있는 의사소통의 문제들은 언어를 통한 소통의 중요성 인식이라 할 수 있다. 김상경 시인이 "살아 있는 말"이 "영혼의 새김질"이라 지적하고 있는 부분은 언어와 소통의 상호관련성에 대한 인식인 것이다.

> 잃어버린 옛 발자취 찾아
> 얼 · 말 · 글이 하나로 화化하는
> 먼 미래의 길을 열자
>
> 이 계절이 되면
> 큰 언덕이 보이는
> 폭풍우 치는 척박한 땅에
> 늘 푸른 나무를 심고
>
> 훗날
> 이곳을 거니는 우리네 아이들이
> 슬기롭고, 도도하기를 바라며
>
> 상서로운 기운이
> 소통하는 숲으로

바람처럼 모여들게 하자.

—「옛 홍산문화를 찾아서」 전문

　김상경 시인이 추구하는 미래의 이상적인 세계는 단순히 소통 그 자체만으로 이루어진 세계가 아니다. 소통을 통해 하나로 어우러지는 세계, 조화롭게 통합, 융합되어 "하나로 화하는" 세계이다. 그것은 "얼·말·글이 하나로 화하는 먼 미래"이다. 그의 시는 지금은 "먼 미래"이지만 그 미래를 향해 함께 나아가는 외침이라 할 수 있다. 다음 세대의 주역인 젊은이들에게 던지는 전언에서 '얼'의 중요성을 상기하고 "'얼'을 잃으면 '말'을 잃게 되고, '말'을 잃으면 '글'의 의미를 잃게 된다"(「지은이가 젊은이들에게!」, 『난이도難易度』)고 말하고 있는 것은 "언어를 통하여 서로가 고통과 슬픔을 나누어 줄여가고, 사랑과 기쁨을 나누어 키워가는 긍정적이고 적극적인 일체감을 공유하여 보다 나은 신비의 세계 를 창조"해 가고자 하는 시인의 의지라 할 수 있다. 그가 "얼·말·글을 되찾아 바르게 놓는 일"에 매진하는 이유가 여기에 있다. 김상경 시인의 시는 "순수하고 진실된 이들의 '얼'을 하나로 묶는 파동의 언어"이다. 시인은 소통에 대한 철학적 사유를 '파동의 언어'로 형상화시킴으로써 "보다 나은 신비의 세계를 창조"

시키려는 거대한 기획을 실현하고 있다. "마음이 열린 이들"(「소통」)이 이루어 낸 "담이 없는 싱그러운 숲"에 "생명의 바람"이 불어온다. "생명의 바람"은 "마른 뼈"를 부활시킬 뿐 아니라 새로운 생명을 탄생시킨다는 믿음. 김상경 시인의 시가 "신비의 세계"를 만들 수 있다는 '희망의 언어'이며 '희망의 메시지'가 되는 것은 이러한 이유에서이다. 생명의 바람이 분다. 희망의 바람이다.

날갯짓

펴낸날	2016년 10월 28일
지은이	김상경
펴낸이	김병옥

펴낸곳	시로여는세상
등록일	2002년 1월 3일
등록번호	서초 바 00110호
주소	06583 서울시 서초구 사평대로6길 113, 101호(방배동 상지)
편집실	03157 서울시 종로구 종로 19(르메이에르 종로타운) B동 723호
전화	02)394-3999
이메일	2002poem@hanmail.net
블로그	http//blog.daum.net/2002poem

편집 미술	김연숙
제작 공급	토담미디어 02)2271-3335

ISBN 978-89-93541-47-2 03810